가슴에서 길을 나선다

김노경 시집

QR 코드 스마트폰으로 QR 코드를 스캔하면 시낭송을 감상할 수 있습니다.

제목 : 가슴에서 길을 나선다
시낭송 : 박영애

제목 : 여보세요 헬로우
시낭송 : 박영애

제목 : 사랑처럼 목이 탄다
시낭송 : 최명자

제목 : 꽃상여 청사초롱
시낭송 : 박영애

제목 : 내 어머니 산
시낭송 : 박영애

제목 : 불꽃 연화
시낭송 : 박영애

시인은 자연을 이야기하고
시낭송가는 자연을 품었다.
글자는 날개를 달아 언어로 날고
소리는 자연에 눕는다.

시인의 말

보이는 시는 그런 것이다

마음으로 찾아내는
자유와 삶의 시작이기 때문이다
나를 성찰 할 수 있는
심오하고 창조적이다
현실적인 나와 삶의 관계
진리 같은 철학이 전부이어야 한다

심상의 시는
현실과 영생의 양심이다

가슴이 울어
감성을 기억하여
정체성의 자유를 뛰어넘어
느껴서 보이는 기쁨 감사 행복이
환희에 젖어 들 때
영생은 시작된 것이기 때문이다
그래서 나는
오늘 같은 날 시를 적는다

시인 김노경

♣ 꽃바람

♣ 하늘, 바다

♣ 자유의 정원

♣ 고요 소리

가슴에서 길을 나선다

그리고 나는
붉은 옷고름 같은 소리로
달빛 춤사위를 배웅했지
긴 시간 속 그리운 여행으로

한마디 두 마디 새 매듭
크나큰 자유를 묶어
눈물 호수에 젖은 날갯짓처럼
깊은 잠에서 깨어난다

이것이 전부이다
애잔한 기억
모든 것의 사랑
추녀 끝 그리움이 타오른다

설렘을 마음에 묻고
가슴에서 길을 나선다
밤새워 뒤척인 눈물 소리에 놀란
그리운 사랑을 흠모한다.

제목 : 가슴에서 길을 나선다
시낭송 : 박영애
스마트폰으로 QR 코드를 스캔하면
시낭송을 감상할 수 있습니다.

맨살울타리

그게 말이지
고통 괴로운 슬픔
자유 같은 또 다른 행복
그 울타리 속에 갇혀 산다

보호받고 벗어나려고
새로 사들인 현실 울타리
가슴은 뛰고 마음은 지친다
시간은 변한 지 오래다

벌써 울타리 쳐지는 시간입니다
한낮 일상도
가슴 품을 파고드는 달빛 속에
오늘과 나의 대화 시간입니다

기다리는 어제

기다리지 않아도 되는 것을
헤어짐만 오지
미움 같은 아픔은 왜 데리고 오나요
그 어제가 오늘입니다

그 어제를 부딪쳐보니
오늘은 그저 어제 그날입니다
한 번 더 그리워지는 오늘 속에
나는 다음의 관계를 찾고자 합니다

그것은 안다는 현실을
갖지 않으면 무의미합니다
또 다른 나의 존재를
마음 가는 대로 깨달아야 합니다

허상의 실체가 나보다도 더 크다면
그냥 어제 하루입니다
나는 어제로 서 다음을 갖고자
믿음을 연모하는 가슴입니다

나 같은 선생

믿어요
나는 필요 없습니다
보이지 않는 이해함을 준비하고
나 같은 기억이
할 수 없는 사랑에 빠졌습니다

아집과 본성을 맛본다면
이미 지나친 시간을 후회 중이다
내분별에 의한 번뇌는
분노를 통하여 인연이 주는
혜안의 선생을 그리워해야 합니다

나 아닌 나를 찾는 허상의
그림자에 지나지 않음을
가는 오늘을 왜 알려고 하지 않나
내일을 위해 있지 않음이라도
나에게 보이고 알게 해 주소서

찾으려 하니
거기에 내가 있게 해 주소서
웃는 웃음은 속상하게
내딛는 발걸음을 붙들고
가슴은 놀라기도 합니다

내 울음소리는 나를 숨기고

내 울음소리는 나를 숨기고
오늘 속을 바라보는 내 눈은
다음을 속이고 있다
알지만 모르는 약속처럼
그렇게 마냥 지금을 놓친다

한숨 소리는 나를 감추고
눈물 떨구는 속사정은
가슴을 태우고 있다
내 숙명의 시간처럼
그때가 저렇게 지나가고 있다

놓을 수 없는 나를
나는 내 눈물의 울음소리로
나를 사랑한다
시간을 움켜쥐고
되돌릴 수 없는 가슴으로 말이다

그가 좋아했던 기억

곱씹고 또 곱씹고
기억해야 할 시절 속의 기억
스스로 나의 걱정을 하며
살고 있는 현실들에게 말한다
괜찮아 내 잘못은 아니야

사는 게 원래 그래
내 잊을 수 없는 인연이라도
버리고 후회하고 잊어가면서
오늘도 그리워하자
우리를 위한 오늘

추억하고 간직해야 하는
나만의 소중한 시간 속 고독
오늘을 위한 나만의 시간
함께하고 같이함을
늘상 나는 알고 싶다

또다시 눈물 마중

나를 위해 울겠습니다
산마루 걸린 달 붙들고
흐르는 눈물 앞에 무릎 꿇고
토해내는 한숨처럼
가슴으로 몸부림칩니다

울어야 할 순서가 찾아왔습니다
뇌성 벼락이 놀라 나자빠질 만큼
허공을 때리는 속사정이
울어야 할 가슴이 없어
울 수가 없습니다

무슨 말을 하면
핑계 대고 새로운 설움의 꽃을
눈물로 피울까요
늘어진 사주처럼 그때
그 심정으로 돌아가고 싶습니다

내가 외로운 내 모습을 봅니다
오늘의 자유가 사들인 구속
외롭고 쓸쓸해서 고요한 건 싫습니다
살아가는 현실의 판세를 뒤집는
또 다른 시간도 나를 위해 살 겁니다

빈 그릇의 여유

나 같은 바람이
시간처럼 오늘을 데리고 왔다
나를 훔치는 가슴아
시작처럼 하려고 할 때 좋은 것 말고
끝났을 때 좋은 것 같은 지금을 다오

설렘이 좋은 게 아니고
만나서 좋은 것을
사랑하게 해주세요
멀어져서 그리워 좋은 게 아니고
그리운 사람이 나라고 알려주세요

이름 모를 영혼 소리 색깔처럼
영원은 없습니다
순간들이 하는 말입니다
빗물이 고여 비에 젖는 시간
기억 저편 사랑의 영혼들

주인처럼 옭아맨 자유 밖 뒤안길
남들이 나에게 주는 것들은
뻔뻔한 웃음처럼
나를 대신하려 들고
빈 그릇 깨지는 행세를 한다.

여보세요 헬로우

이름 없는 시간이 눈물을 흘린다
햇빛 좋은 날 빨래 마르듯이
사랑이 마르고 있다
익숙해져 가는 것 둘 중 하나이다

당신의 뜻이어서가 아니고
내 의지로 만들고 키우며 자랑질하면서
내쉬는 숨 찌꺼기를 먹으며 살면서
헐떡이는 숨을 몰아쉰다

행복은 기다리는 것이 아니라는데
오늘이 지나치는 한복판에서
지금도 목 뺀 욕심은
어설프게 초라한 하품만 내뱉고 있다

하늘 같은 산마루 신음
산길을 가로질러
메마른 영혼 이기적인 욕심을 채우려
조바심 난 입술은 부르트고 있다

그 현실들이 나를 슬프게 해
서러운 날 하얀 비 내리는
빈 나뭇가지 사이에 매달린 내 이름
여보세요 라고 불러 본다

어딘가에서부터
언제부터 나와 함께 살았던 그 이름
붉은 향냄새 미소 띤 자유로
내 한 시절을 바라보고 있다

갑작스럽게 고요한 독백
그 임이 좋아했던 마음소리에 가슴은 걸린다
아까부터 나를 바라보는 오늘이 거북하기만 하다

요즘 스치는 바람에도
가슴 시린 사람들 마음소리
오늘도 해야 하는 말 사랑합니다
인제야 알 것 같은 현실이다

미처 알 수 없는 것들
미처 하지 못한 말들
마음이 힘들어도
내 길을 움켜쥐고
어느 날 인가 할 수 있겠지요

마른 마당 비가 오는 소리인 건지
퇴색한 낙엽이 젖어
빗물에 스며드는 소린지
바람 태우는 소리를 붉은 태양이 잠재우는 시간이다

혼잣말처럼 여보세요 안녕
나는 사는 게 아니고
살아내는 거라고 중얼거리며
이젠 흐트러진 마음을 놓아주자
처음도 시작이 아닌 것처럼.

제목 : 여보세요 헬로우
시낭송 : 박영애
스마트폰으로 QR 코드를 스캔하면
시낭송을 감상할 수 있습니다.

나도 부처

사람인 것을 아는 것
감사 질서 조화
이것을 보는 것

사람들이 나라고 아는 것
침묵 고요 접정
이것을 갖는 것

내 안의 나를 상대하는 것
기쁨 행복 삶
이것들을 주는 것

나와 나는 다르지 않다는 것
순응 이치 참
이것들과 함께하는 것

무엇을 흉내 내는 것 말고
내 안에서 내가 내 자유를 보는 것
그것으로 사는 것

부처 같은 사람 말고
나 같은 부처입니다

나처럼 길든 시간

엎질러진 달빛으로
쏟아져 내리는 그리움과 함께
쌓인 시간을
허물어내는 중입니다

흐트러진 가슴
뒤엉킨 시간
아픈 눈물 자국들이
고개 들어 무뎌지더라고요

해님 빠져 허우적거리는 우물
시골 쪽 새들 둥지를 틀고
날아오른 자유처럼
은둔처를 뽐내고 있는 중입니다

바람 품어 안은 흔적 여전하고
허물어지는 가슴소리처럼
나와 함께 쌓인 시간은
나처럼 길들여가는 중입니다

쑥스러운 도피처

파란 하늘이 땅에 내려와
사람 집을 짓고 삽니다
가슴은 울타리를 치고
사랑은 동네를 만들고
그리움은 삶처럼 살고 있습니다

쪽빛 색깔로 울음을 달래고
영혼을 적시는 발길 닿는 곳
아름다운 기도는
시작도 없고 끝도 없다
아픈 이별을 가로질러 가슴을
불태우고 있습니다

물처럼 생명을 마십니다
파란 하늘로 현실을 묶고
옭아맨 생각들은 혼란스러워
쑥스러운 도피처를 건네줍니다
이 가슴은 파란색으로 멍들고 있습니다

사랑처럼 이별

찬 서리가 내리던 날
마음 시린 창문 밖
나뭇가지에 걸려있는 기억들

빗물이 내 마음을 적시는 시간
눈물 감추던 어떤 날 오후
회색 하늘에 매달린 추억들

달빛 소리에 길을 잃어
별을 그리워할 때
눈물처럼 떨어지는 사랑들

현실의 자유 속에서
때늦은 기억 추억들은
사랑처럼 이별합니다
추운 날 빗물처럼 달빛은 춤을 춘다

사랑의 부활

똑 · 똑
낯선 사랑 향기
너도나도 아는데
내가 사랑한 사랑만 모르나 봅니다
세월은 계절을 바꾸고
그 흔적은 창가 유리창에 쌓여있습니다

사랑처럼 이별을 합니다
모두가 사랑하는 사랑은 어디 가고
시절 따라 지나친 흔적만 남아있다
애증으로 생각하는 사랑
때 이른 사랑이 춥기만 할 뿐
메마른 잔기침 소리만 여전합니다

이 사랑에 감사하며
욕심 없는 기쁨으로
한 사람뿐인 그 사람을 위하여
나의 사랑을 채우게 하소서
오늘 이날들은
이 사랑으로 나를 살게 하소서

흩어진 기억

세상에서 가장 쓴맛이라고
말로서 가슴을 초대한다
생각을 버린 만남 헤어짐은
이제부터 끝이라지만
현실은 보이는 시작입니다

세상에서 가장 단맛
현실 표정들은 낯설지만
꿈꾸는 시간 깨어남도
웃음처럼 뒤돌아서는 후회를 비웃고
하늘은 침묵으로 뒤덮고 있습니다

내 옆에 있으면 좋은 것들을
한낮 아침이면 밤저녁으로
마주한다
돌아서는 시간만 나는 웃게 한다
길고도 짧은 기억처럼

그냥 그대로 그리움이던
추억이던 연민이던
너를 찾아 헤매야 되는 것을
지금이라도 좋은 시간이다
나를 쉬게 하는 나를 위해서

한 번쯤은 술 한 잔에
잊을 수 없는 가득한 미소
나를 닮은 오늘 나를 위해
고민하는 것을
시간의 테두리 속에 가두지 말자

연민의 빗질

붉은 용광로 막새기와 끝
빗소리가 튄다
숨죽인 저녁
상념은 침묵을 엿듣고 있다

저쪽 창문에서 이쪽 벽으로
타고 돌아오는 어둠은
이 시절 흐느낌을
한 잎 낙엽처럼 잠재우고 있다

낮에 보이던 미소
물빛 이슬방울로 화장을 하고
헝클어진 머리카락 사이로
연민의 빗질 초연하기만 하다

맨살 감촉 시간 옷을 벗어버리고
적막한 고독의 색깔로
저녁 바람은 호들갑을 떨치며
구속 같은 눈길을 기다린다

그날부터 가을

그 어떤 날

낙엽이 바람에게 하는 말이에요
갈게
응 ·
가 ·

바람은 그렇게
낙엽을 두고 가면서
가 ·
응 ·

그날부터
하늘바람은
지는 낙엽 뒹구는 날들을
가을이라고 부릅니다

사랑이 숨은 정원

내가 나를 닮아서
아침 민얼굴 숨소리 향기처럼
대지의 흙이 홀라당 옷을 벗는다
감미로운 바람 이야기를 엿들으며

둘만 아는 이 하늘 밑
아무도 모르는 사랑이 숨은 정원
별들은 파랗게 울고
새벽녘 그리움은 설렌다

나 같은 자유의 정원
태양은 춤을 추고
축제에 젖은 사랑의 정원
현실이 대신 할 수 없어요

자유의 꽃을 본다
이처럼 뜨거운 가슴을 버린다
비우고 버려도
다시 피어나는 자유의 정원

하늘 솟대

처마 끝 바람이 온다
솟대 소원을 붙들어 매고
소원은 이루어졌으려나
간밤 한밤중 웃음이 살갑습니다

내 사랑을 닮은 하얀 다듬잇돌
바닷가 큰 창문 여는 냄새 사이로
내 얼굴은 향기를 숨긴다
멋쩍은 웃음 아침햇살을 마중하고

여정의 시간 내 사랑에 익숙하다
멀어진 오늘인 것 같습니다
그래도 난 너를 나처럼
솟대 소원을 빌고 있습니다

사랑아 너도 가야지

갈색 바람이 빗물에 젖어
떨어지는 빗방울은
어제 같은 추억에 떨어지고 있다
붉은색 손끝은 어쩔 줄 모릅니다

선홍빛 가슴도
수줍은 눈길도
오지나 말 것을
사랑아 너도 가야지

꽃잎처럼 추억이 흩날립니다
가슴 저편 한구석에서
어느 날 어둠처럼 속삭이는 말
사랑아 새집 줄게 헌 집 다오

눈물에 떨어진 별

아픈 목소리 여전하여
달빛 감춘 심장 숨을 곳을 찾고
붉어지는 은하수 새벽기도
회전목마 막다른 시간 속에서 허우적거린다

눈물에 떨어진 별들 수만큼이나
아픈 가슴을 밀치고
사랑을 지나치면
두 가슴 떠안은 이별은 없을까요

새벽 색동옷 손길로 자유를 열고
메마른 기침 소리 길을 연다
내 발걸음에 내가 쫓긴 채
차가운 입맞춤으로 대신합니다

다시 올 수 없는 인연 길이런가
너는 현실에 묻히고
나는 추억에서 되살아난다
이젠 기다리는 시간은 없는가 보다

내가 아는 그 사람

하늘을 보면
겨울인지
추운 것인지 모르겠다
그렇지만
오늘 하루 수고한 당신을 압니다

꽃망울 터지듯이
그만 속울음이 터지고 만 것을
고마운 사랑 따라
잿빛 구름언덕 거칠어진 숨결
소중한 당신입니다

기억하는 사랑을 보면서
하늘을 덮은 눈꽃처럼
내 마음 어루만지는 깊은 속정
눈물은 사랑에 울고
멍해지는 순간들입니다

그날처럼 오늘도 같은 마음소리들
그게 뭐든지 같이해요
그 끝이 무엇일지라도
햇살 눈부신 그 어떤 날보다
그 사람이 더욱더 눈이 부십니다

시작도 없는 헤어짐

아직은 남아있는 불편한 시련
약속도 없는 추억 길을 만난다
오늘에 다치고 상처에 아픕니다

시간이 바뀌는 한시절 골목길
어색하게 질척이는 발걸음
그렇게 가슴이 타고 있습니다

밤낮과 오늘 중간쯤에서
현실에 몰린 기억을 부둥켜안고
시작도 없는 헤어짐을 만나는 중입니다

비우고 버리래요

지금도 생각 중이에요
비우고 살아야 행복하다네요
비우는 그것이 무엇인가요
비우는 것이 무엇인지 알아야
하든지 말든지 하는 것 아닌가요

비울 곳이 있다면 비운 것이고
말처럼 비울 곳을 찾지 못했다면
버린 것입니다
현실은 버린 것들 때문에 삽니다
비우지 못해서 말입니다

삶 같은 사람
현실을 기억하는 생로병사
잊을 수 없는 시작도 없는 죽음
아쉬움들 때문에 오늘이 있습니다
오늘을 살게 하는 것들을 비우래요

자유는 배우는 게 아닐 거예요
정리 같은 조화를 원하는 겁니다
조건 없는 이치로 가치를 갖는 것
기쁨을 추구하지 말고 행복을 아는 것
네가 만드는 사랑들입니다

채우고 구속하면서
허상이 아닌 후회 속 진실처럼
구속하는 자유 채우는 평화로 삽니다
오늘 세월만큼 비우고 버린다면
나 같은 것은 어디에 있나요

기다리는 축복

특별하게 비워둔 오늘
사계 장난질에
외로운 비처럼 젖은 낙엽
뒤척이는 잠자리

가슴 세월에 흐르는 눈물
늦은 시간 커피향에 발길을 묶고
주저앉은 오늘이
색바랜 달빛을 마주하고 있습니다

이처럼 가슴 넘치고 놀라지만
축복을 기다리는 거야
곱디고운 사람 소리
어렵게 마주치는 문창살 현실이다

사랑처럼 목이 탄다

미안한 눈물은

태양이 하늘에 부딪혀
바람 이는 고통처럼
파도 소리에 모래 씻기듯
내뱉는 한숨입니다
사랑한 만큼 아파서 그리운 사랑

오늘 지금이 과거의 주인인 것을
스치는 감정의 착각 속에서
현실의 번뇌 같은 몸부림의 고통
그 심사도 모르는
바보 같은 사람입니다

허수아비처럼 낯선 후회
나 같은 계절에 물들고 있습니다
가득 찬 달빛 번뇌에 머물고
서러운 울음소리는
찬 이슬에 적셔 들고 있습니다

사랑에 아프지 말고
사랑하는 자유에 아프기를
세월로 맞이하는 아침 하늘
고독한 법륜을 굴리는 그이는
나 같은 자유는 알려나

제목 : 사랑처럼 목이 탄다
시낭송 : 최명자
스마트폰으로 QR 코드를 스캔하면
시낭송을 감상할 수 있습니다.

오늘 하루

멀어지면서 또다시 그리움
죽을 것 같은 사랑에 목을 적신다
기억만큼 아파지는 슬픈 독백
하지만 죽을 순 없다
영혼의 약속은 그런 것이 아닙니다

저녁나절 피곤하게 지친 웃음이
하얗게 텅 빈 오늘 하루는
어찌했는지 말을 건넨다
나를 위한 시간은 모르겠고
힘든 하루였나 봅니다

현실 뜨락 거울에 비치는 모습을
바라보긴 싫지만
붉은 잎새 고독한 무덤은
나 같은 환생의 몸짓입니다
아마도 자유를 밟고 떠나고픈 욕심일 겁니다

쪽빛 가랑비 오늘을 훔치는 소리
튕기는 흙바람 냄새
가슴은 가랑 골 사이로
슬프게 피곤한 오늘 하루치 독백을
그냥 오늘처럼 가져간다

여기 이 자리에

이곳에서 사랑할 겁니다
여기에서 행복하겠습니다
감사해서 사는 것을 보려고요
그곳에는
이 자리에 있는 것들이 없습니다

지금 여기
이곳에서 내가 없다면
그 순간에서도 없습니다
지금 이 현실에서 갖고 버리고
그렇게 하겠습니다

햇빛 노을에 불타버린
난초의 향 내음 여전하고
낡은 벽 멈추어버린 시간 그림자
그래도 세월이 오가는 여기서
오늘을 살게 하는 나를 사랑합니다

달그림자 별이 되다

우리 같은 나의 자유는
이별 여정의 쉼터 속 연좌일 거예요
꽃술 항아리 머리에 이고
여러 갈래 가슴들입니다
사방처럼 끝이 없는 자유입니다

달빛 마음 하늘 가장자리
사모하며 마주친 헤맴 속에서
아직도 주인을 찾을 수 없는
고독한 체취
꽃잎 떨어지는 가슴 꽃내음입니다

박해를 마시고 사는 황금빛 허상
신에 대한 도전의 눈길
그래도 천지 아래 심판대에
신의 감동은 따르지 않는다
내 마지막 사랑은 구속된 자유

믿음이 신앙을 부정함은
분별력에 의한 선택은 가능하다
신들의 침묵을 거부함은
자유를 포기한 것입니다
우리 인간은 여기까지 일 거야

향기 날리는 평화
꽃이 피어나는 자유의 조건
신처럼 노는 것이 자유입니다
달그림자 별이 되는 아픔은
아마도 이런 것이 아닌가요

추억 가슴에 물들다

한잔할래요
아니 싫어요
듣는 귀
말하는 입술
어느 날 그리운 시절
그 시절이 그리운 시간

꿰매고
엉킨 실타래 풀어
사랑을 전하는 마음소리들
하얀 밤 맞이하는 새색시처럼
예쁜 사랑 불그스레한 그리움 속
흔들리는 투명한 자유들

그리운 색깔로 화장해 주는
추억들의 그림자들
나에게 말하세요
사랑에게 물어보지 말고
아낌이 아닌 보살핌처럼
내 마음도 보살핍니다

이사이로 쪽빛 물들임
눈 뜨고 있는 풍경 소리처럼
자유 같은 가슴들이
오늘도 마음 자락 옷깃을 여미고
어미 손길이듯이
사랑을 쓸어내리고 있습니다

꽃상여 청사초롱

서럽고 아쉬워서
평생을 살던 이 모습
너무 안타까워서
떠나갈 때 타고 가는 꽃상여

눈물 훔치는 하얀 손길
고단한 한평생을 태우고
가는 길 없어도 가야 하는
꽃상여길

그저 아쉽고 안타까워
한 삽의 흙이 너무 애잔하다
한평생 짐을 벗어놓고
좋은 곳에서 편히 쉬시기를
염원의 눈물로 대신하는
꽃상여

가슴에 묻은 한 삽 흙길이
이렇게 매섭게도
뜨거운 눈물로
나를 기억시키고 있습니다

저승길을 인도하는 청사초롱
아무것도 가지고 갈 수 없어
호주머니가 없는 수의 자락
이 수의는 나를 알려나

명사십리길 꽃상여
너무너무 가슴이 아파요
가슴 아린 슬픔
이 눈물로 대신하고자 합니다

이제는 떠나가야 하는 꽃상여
활활 타오르는 심장처럼
꽃상여는 나를 태우고
고마웠다고
잘 가시라는 말을 남긴 채
영원한 달빛 춤을 추고 있습니다

지금 나는 어찌하라고
무표정하게 눈길도 없이
꽃상여는
저렇게 서러운 목소리만
빈자리를 지키고 있습니다

제목 : 꽃상여 청사초롱
시낭송 : 박영애
스마트폰으로 QR 코드를 스캔하면
시낭송을 감상할 수 있습니다.

나를 위한 그대의 기도

아름다운 기도는
원하고 비는 게 아닙니다
여지껏에 대한 감사와
시간들을 인정하는
질서 같은 자유를
지켜주는 것일 거예요

사랑합니다 언제나요
이렇게 말하지 마세요
선택이 아니고 주어짐에 대한
반항이니까요
구속 같은 존중을
이해할 수 있을 때 사랑하세요

성스런 자유와 평화
질서와 순리 조화를 먹고 마시며
그렇게 행복의 꽃을 피우고
그 향기로 심장이 뛰고 있습니다
아름다움은 이런 것일 거예요

아름답다고 말만 하는 것
난 싫어요
좋은 것 사랑스러운 짓
남 위해서 말하고 웃고 입는 일
싫어요
날 위해 말하고 사랑하며
그렇게 살 거예요

무엇 때문에 사냐고요
왜 사느냐 하면요
몰라서 물어요
나 때문에 살아요
나를 위해서 태어나고
나를 위해서 사는 거예요

첫 세상 뒷마당
한아름 느티나무 금줄 테두리처럼
거창하게 말하지 마세요
그냥 감사하면
그래서 기쁘고
기뻐서 아프면 행복한 겁니다

나처럼 살아야 나 같은 사람을
사랑하는 것입니다
나 같은 자유 평화는
나를 먹으면서
살고 있기 때문입니다
사람도 먹는 것 중의 하나입니다

지나가는 시간을 부둥켜안고
세월을 마주하니
꽃 소리 향냄새 같은 당신입니다
가녀린 기억
문풍지 떨림 같은 손길로
추억의 책장을 넘깁니다
나처럼 아름다운 기도는
이렇게 시작되었습니다

사랑 넋두리

달빛 훔친 사연도 좋지만
행복한 기쁨을 건네주는
사랑 같은 사람이 있을까요
기억하고픈 추억을
기다리는 세월이 약속하기만 합니다

가슴 저린 갈대밭은 불타올라
내뱉는 한숨으로 비아냥거립니다
꿈꾸는 기다림은 생선 비린내처럼
어색하기만 합니다
기다리면 어떻게 될까요

먼 산자락 인기척
비 맞는 우산 소리에
아침이 추적추적 질퍽거리며
사람처럼 깨어난다
나만 깨어있는 건 아닌가 봅니다

가슴이 만나는 사랑이
주책입니다
오랜 동무 같은 사람
사람처럼 사랑 같은 그리움
내 사랑은 이렇듯
흥분된 자유이었으면 합니다

사랑이 사는 추억

가는 길 떠나시던지
오늘 기억들은 갈 길 몰라
가슴에 숨겨놓을까요
하늘만 찾을 수 있는 곳
미소 뒤편 눈물처럼 흐르는
시간 속에 감추어 놓을 겁니다

빌고 비는 가슴은
아마도
내 것이 아니고 네 것인가 봅니다
사기대접에 차고 넘치는
흙냄새 물소리의 고요
가슴에서 살고 있습니다

하얀 달빛은 모르겠지만
타오르는 불 소리는 보입니다
발밑을 기어 다니는 고독들이
자유 같은 여정을 떠나고 있습니다
총각샘 두레박 물 떨어지는 소리로
별빛 눈물이 떨어지고

가을처럼 마시는 커피는
달콤한 향을 떨치우고
그 길 따라 예쁜 옷을 차려입는다
옥빛처럼 따스한 숨결들이
같이하는 현실처럼
사랑이 사는 추억입니다

성황당 비원

흐르는 시간으로 철이 들고
자기에 맞춘 삶들은
명주실로 인생을 묶어놓는다

속세 경험 늘어나는 소리처럼
변화의 고통 소리는 한이 없습니다

쉽게 알 수 없는 법륜의 궁합

성황당 달빛 사이로
세월은 춤을 추고
그 길에서 오늘을 마주하고 있다
촛농 떨어지는 눈물은
가엽기만 한데

산등성이 걸친 달
가슴에 내려오는 길에서
하늘은 모른 척 외면하는 비원

빨갛게 식어버린 붉은 태양
사진 속 모습처럼
살아있는 고독입니다

어렵고 복잡한 심사 뒤틀림들
지켜보는 생각들은
무심한 한숨들입니다

이렇게 살아야 하는 것이라면
어떻게 해야 할까요

꽃이 피는 시간들
세월 같은 인연
깨어나는 희망의 소리
고독한 자유 가슴 언저리 평화

성황당 발길에 메어놓고
돌아오는 중입니다

가을 입맞춤

이른 새벽녘
새빨간 가을에 취했나 봅니다

색깔에 현혹되고
부드러운 바람 간지러움처럼
당신에게서
가슴을 놓쳐버렸습니다

아직도
가을을 먹는 중입니다

추억의 아픈 눈물이 뚝 떨어지는
슬픈 갈색 향기로 입 맞추며
하얀 종이컵 맞잡은 두 손 속에서
식어버린 커피

나뒹구는 바람
옷깃을 여미는 가녀린 손길

갈 길 몰라 헤매는 발길
이 가슴을 밟고 도는
허전한 사랑길
갈색 낙엽 횡포에 부르르 떠는
서러운 몸짓 냄새들입니다

가슴 시리도록 샘이 나는
별빛 속삭임

구멍 난 하얀 달 아쉬움 사이로
옷고름 풀어 제치는 그리움은
머리맡 설레임인가 봅니다
그 여운 아쉬움은
나 같은 가을옷을 입는 중입니다

무명 치마 오색단장
하얀 고깔 숨 헐떡이는 솔바람

마루 틈새 석등 불빛이 졸고 있다
들창문 여는 소리에
가을이 열리고 있습니다
음악 같은 비가
그림처럼 가을을 적시고 있습니다

끝이 없는 헤어짐

이렇게 바람이 불면
우리 사랑이 날 찾고
훔친 눈물이 이별을 서글프게 해

살아서 아픈 상처
많이 들었던 말들
이것이 무슨 큰일인가요

그대들은 지금도
미워하고 그리워하는 것들이
살아있잖아요

그리워할 수도 없고
미워할 수도 없어

사랑이 넘쳐도
감출 수도 없는 끝이 없는 헤어짐
평생 사랑 감출 수가 없습니다

안녕이란 손짓도
잡을 수가 없어요

홀로 애태우며
사랑합니다
아무런 말도 듣지 못한 채

막다른 골목길에서
까맣게 타버린 심장
뜨거운 눈물로서 씻어낸다

무심히 앗아가 버린
사랑이 미워요

애타게 소리쳐도
들을 수 없는
나만 사랑했다는 그 말
하늘 메아리라도 듣고 싶어요
듣게 해주세요

세월 바람과 또 다른 사람들
내가 가는 이 길에서
사랑을 만나게 될
인연은 없습니다

고독한 시간은
저마다 고뇌의 시간을 옥죈다
이른 아침 그대 목소리
그 이름 나의 사랑

때로는
가슴이 웃는 눈물 소리 나의 사랑

오늘 하루도
그렇게 지나치려나 봅니다

사랑은 기쁨입니다
그 기쁨은
고통 외로움 슬픔으로
숨 쉬며 살고 있답니다

사랑은 행복입니다
이 행복은
오래 참고 기다리고 존중하니
함께 하는 것입니다

사랑은 오늘을 주고
다음을 놓고 갑니다

설렘으로 가슴을 멍들게 하고
애태우며 모른 척하는
내 전부인 사랑으로 말입니다

그리움
이별 헤어짐 같은 미움
보고 싶습니다

사랑
잊어서는 안 되는 흔적들
심장이 멈추는 아픔들입니다
이미 그리워진 시간을 봅니다

마음을 묶어놓고
이 걱정으로 함께합니다

가슴 멍해지는 심사로
감사처럼 따뜻한 미소가
내 눈물을 적시고 있습니다

행복한 그리움으로
함께하고픈 시간 속에서
당신을 염려하는 지금입니다

가슴에 품어 안은
내 시간 속 이야기들은
오늘을 가져다주고
오늘 속에 나를 세워놓은
당신입니다

이 사랑의 웃음은 하얀 달처럼
예쁜 소리로
이 가슴에 피어나고 있습니다

여기에서 난
그때 그 모습 그 체취로
당신의 안부를 묻습니다

이렇게
애절한 그리움이 시작되는
지금 말입니다
이게 나의 전부일지도 모릅니다

깊어진 이별 같은 미소
떨어지는 꽃잎 향기처럼
거듭나서 아름다운 고요의 적막
미소에 갇힌 자유

달이 차서
오늘이 저물어가는 소리를 봅니다
시작은 과정이며
끝은 다음이기 때문입니다

바람이 들어오고 내가 울면
어두워지는 시간이 지나친다

침묵은 이런 날에
손끝 언저리 마음 소리들을
가슴으로 칭얼댄다
어제오늘 그곳에서
함께했던 시간들을

설렘처럼 시간이 오고 갑니다
부대끼면서 지나간 자리
그리움으로 찾아온 날

잊을 수 없어 머무른 기억
휑한 가슴의 눈을 들어
바람소리를 바라봅니다

어쩌면 이것들이
내 안의 자유와 평화일지도 모릅니다

달빛 그리움

아침이면
햇살 사랑으로
당신을 찾고

저녁이 되면
달빛 그리움으로
당신을 봅니다

산바람 이슬 되어
내 마음 적시면
당신의 미소로 오늘을 껴안는다

비원

내가 먼저인 사랑은 없습니다
그것은 사랑이 아닙니다
보이는 그리움이어야 합니다

내가 우선인 사랑은
기억 속에 갇힌 빈 굴레 속
비원 관계입니다

나 다음 사랑은 슬픔입니다
바램 없는 흔들림은
허상의 망각일 뿐입니다

내가 있어서 나가 아니고
마음을 밟고서
지금이 나인 겁니다

모든 것들은
다음을 위함이지만
사랑은 지금입니다

오늘의 인연

비 오는 가슴으로
해는 뜨거워서
바람을 품은
오늘의 시간이 가고 있습니다

엄마는 어머니 냄새로
숨소리를 내뱉으며
가족의 인연을 움켜쥐고
지금을 가지려 합니다

기뻐서 좋으니
슬퍼서 힘드니
아프고 낯선 어제의
오늘을 바라봅니다

내가 살아있는 표현이
어설프고 순진하여
내게로 온 시간을
마중도 못하고 꽃신 소리만
듣고 있습니다

마음의 숲으로
엄마의 사랑 소리로
가슴 벅찬 시간으로
나는 오늘을 가지려 합니다

하여
난
오늘의 인연으로 나를 보며
순진한 지금으로 존재함을
숨이 차오릅니다

사랑이 지나친다

신들의 장난인가요
그리운 가슴 같은 삶인가요
신놀음에 어우덩 더우덩
내 사랑 같은 그 사랑이 지나갑니다

얼룩진 눈물들 소리
슬프고 힘든 사랑도
이름 없는 사랑도 집 나간 사랑도
좋아서 한밤 새우는 사랑까지도
모두 다 사랑입니다

나처럼 헤어지는 사랑도
이별처럼 사랑입니다
내 사랑이
가시는 길처럼 지나갑니다
이별을 밟고 지나칩니다

오늘도 이 길에서
시간 되어 기억되는 상처를 붙들고
내가 보는 세상을 가집니다
같이할 사랑 잊지 않을게요

현실에 갇힌 자유
몸부림치는 사랑
상처로 수놓은 별빛들의 기지개
나도 가고 사랑도 지나치는
그 길을 기억하고 있습니다

그 어느 날 한숨처럼

그리움이 쏟아져 내리던 날
고독한 거미줄에 갇혀버린
한밤중 아우성들이
속상하게 한숨을 뽑아내고 있습니다

오늘이런가
또 다르게 나를 버리는 모습들이
속절없이 멍한 시선처럼
관심은 속박 따라 나대고 있으니 말입니다

전부가 걱정인 목소리
지나간 어제도 모르고 사는
오늘은 더욱더 몰라
내일은 더 모르겠지요

그렇다고 해도 난
모르는 오늘내일 다음을
모른다는 것을 알고 있으니
참으로 다행스러운 일입니다

내가 헤아릴 수 없는
나의 그림자를 바라본다
머리를 조아리고 수없이 말하려는
나는 거기에 없습니다

시간을 쪼개서
현실을 맞닥뜨리고
그 시간을 아는 나를 갖고자 한다
이제 그만 한숨은 잊어야겠습니다

지금은 다음 소리로
듣게 하고 버리게 하고 갖게 하고
다음을 함께 연민하는
두 손바닥 가슴이 보기 좋을 뿐

불 뿜는 심장 소리 수만큼이나
전부 다른 한숨 같은 현실을 오늘도 나와 같이 합니다
하지만 자유 같은 내일로
숨소리를 정하니
가슴이 뜨거워집니다

지치고 힘든 것들이
아프게 하지만
난 그것들처럼
따라 하지 않을 겁니다
잊을 수 없는 힘든 추억들
아름다운 시간을
아직 끝나지 않고 찾지 못한 한숨

내 색깔로 그린 한숨의 진실
그러니까 버리고 버려서
오늘을 지켜주는
자유 끝자락이 닿는 그곳에서
진심을 듣는 심장 창고에서
나 같은 한숨들이 새롭기만 합니다

진실 같은 거짓

이해해 주길 바라면서
사랑받길 원하지만
그 사람 꽃은 향기가 없다
이해받았으면
사랑은 내가 해야 되는 것 아닌가요

인생도 사랑도 세월도
시간처럼 유행인가요
그 시간 속에서
서성대는 나는 거짓말처럼
현실 같은 구원의 사다리를 찾고 있나요

유행 따라 움켜쥔 자유
진실도 아니면서 거짓인 척
양심을 뛰놀게 하고 있습니다
숨이 벅차 헐떡거리는 초라함
입가엔 구속된 현실의 굴레들

꿈꾸는 기다림처럼
하루를 찾고 있습니다
양면의 갈등을 팽개치면서
변화의 순응처럼
새로운 유행은 깨어나고 있습니다

함께라서

사는 게 무엇인지는 모릅니다

같이 살려니
내가 듣고 알고 보면서
현실대로 하면 됩니다
현실과 같이 살려면
그렇게 해야 합니다

내가 그렇게 하던지
네가 그렇게 하던지
함께 같이하려면
이렇게 해야 됩니다

그리고서
너를 인정하고 존중하여
너의 자유를 위하여 관여가 아닌
관심이 필요합니다
속박이 아닌 배려의 마음입니다

나를 위함이 필요하다면
그를 위한 필요함도 있음이다
내가 있어서
그가 있는 게 아니고
그가 있어서 네가 있는 겁니다

사는 것은
그가 나를 위해 살아줄 때
내가 그와 같이 사는 관계가
이루어지는 겁니다
그것들이 그렇게 되지 않을 때
고통 번뇌처럼 나를 시험하고
좌절시키는 현실에서
다음은 없습니다

사냥 잡이 경험에 걸맞은
사냥기술이 필요합니다
나에게 필요한
현실 협상 기술은 지금 현실에 어울리게 만들어가는지
먼저 알아보고 세상을 한탄해도
늦지 않을 일입니다

화나고 감정 상하고 속상해도
꼭 기분 나쁜 건만은 아닙니다
그렇다고
기쁘고 좋아서 마음 들떠도
다 좋다고 말할 수도 없습니다

마음이 앞서고
생각을 넘어서 버리고
나를 찾아서 시간을 가지면
지금 현실은 다음 속
부질없고 소외된
고요의 부스러기일 뿐입니다

나와 같은 시간이 지나갑니다
나와 같은 너를 기다리겠습니다
시간이 사는 현실 정거장 속에서 말입니다

그 사람

나를 위함은 없습니다
그를 위함만이 있을 뿐입니다

그 사람을 위한 기쁨 희생 행복
그를 위해 나고 살고 아프고 죽음을 준비하고

나는 그가 있어야 존재하는
그와 나와의 관계이기 때문입니다

바람은 비를 위하여
태양은 달빛을 위해

자연이 흙이 되고
참된 이치와 지혜는 순리를 위하여

오늘이 다음을 가져오면
그 대답을 위한 시간만이 있습니다

내가 나를 위함은
이러한 관계를 보고 알고 싶다

그렇게 하면
또 다른 나를 위해 사는
오늘이 바로 다음입니다

살아있는 현실

살아있는 현실은
어쩌면 지멋대로 감정이다

나를 화나게 하는 것도 내 감정
기분 좋아 벅찬 가슴도 내 현실

현실의 지금 이것저것도
다 지가 주인인 것처럼
오늘을 훔쳐 가고 있다

아무것도 모르고 헤픈 웃음은
왜 이렇게 질퍽거리는지

남의 탓으로 고통스럽고
남의 희롱으로 우쭐대고

나는 정녕 어디 가고
남의 허수아비 춤만 추고 있나

어쩌다가
한 번쯤은 나를 쳐다볼 일이다

꽃비 적시는 소리에 기쁘고
지는 해를 맞이하는 달빛으로
산 저녁 웃음처럼 환희가 그립다

나를 보고
나를 찾아 너에게 가는
오늘은 내 숨소리로 함께한다

낯선 슬픔

그냥 원망할 줄도 모르고
세월을 살아요
어제 같은 추억이 찾아와서
그리운 말만 하고 가네요

난
이게 전부인 줄 알아요
낯선 슬픔이 말을 걸면
그냥 웃는 게 전부예요

시월 낙엽이 오는 줄 알았는데
파란 구름 코스모스 웃음이
저녁 바람 옷자락 소리처럼
발걸음만 재촉하네요

산 그림자

산 그림자는 달을 그려내고
바람은 강물을 그리워하는
처음 같은 시간으로
나는 오늘을 봅니다

뜨거운 연민 꿈꾸는 기다림
불안한 조바심 무심한 시간은 나를 낯선 곳으로
데려다 놓은 오늘이
지금 그렇게 가는 중입니다

바램은 나를 잊게 하고
나는 빈 껍질 속 시간만 본다
꿈을 주고 현실이 살아 숨 쉬는
지금은 내가 있어 메마른 입술을 깨문다

풍경소리는 주인을 잃고
흩어지는 마음은
차디찬 마룻바닥 저편을
기어 다니고 있습니다

우리의 오늘을 내가 만든 오늘도
설렘과 더 큰 혜안처럼
그 임의 소리가 늘 나와 같이 함께하며 보이는 그곳
언제나 같이하리라

코스모스 추억 길

파란 하늘을 닮은
가녀린 코스모스 사랑아
가슴 뛰는 저녁에 나를 봅니다

코스모스 행복 길에
너를 마중하고
새롭지만 연속되는 오늘처럼
시간은 지나치는 중입니다

나의 시간
그리고 넘쳐나는 자유
애잔하게 고운 바람 날림
저 코스모스 추억 길에
발길을 멈추게 합니다

하얗고 빨간 향기
파란 숨소리에
그 어느 날이 전합니다
내 사랑은 추억 냄새 라구요

낡은 욕심

낡은 욕심은 보이는 재물을 위해
물질의 현실 걱정들이
나를 묶어 가두어 놓고
오늘을 지켜보고 있다

보이지 않는 재물
난 어느 재산의 속물인가
만질 수 없지만 보이는 오늘
욕심의 끝도 바라보리라

바람 불던 날
보이지 않음에 꽃잎 떨구고
향기는 찾을 수 없어
스치는 시간만 나뒹굴고 있다

보이는 것은 내 것도 아니고
가진 것은 겹치는 오늘뿐이다
욕심은 내일과 함께하는
빈 나뭇가지에 걸친
바람 소리뿐이다

오늘 세상에

흩어지는 저녁해가
마음 닿는 데로
이미 지나치는 데로
바람처럼 몸부림치고 있습니다

내 발걸음 소리는
달빛에 가린 디딤돌에서
이른 초저녁 잠이 듭니다

휑한 바람 아침 소리에
초록 이파리 눈짓에
어두움은 깨어나고 있습니다

오늘 세상에 이끌려 생각한 대로
때로는 앉기도 하고
서기도 하면서
시간과 어울리고 있습니다

어제처럼도 아니지만
늘 같이 함께 하는 것들
이 모두가 좋기만 합니다

빈 의자

빈 의자 흔들거림에
꽃잎은 덩달아 춤추고
남은 이야기 웃음소리 가득하다
서둘러 아침을 마주한다
찻잔 향기 아직도 날 기다릴 테니

산다는 것들이 귀찮게 합니다
달빛이 아름다움인지
별빛은 시기하고
이토록 아름다운 시간을
따뜻한 마음에 가슴을 태웁니다

시간이 그리는 그림들 속에
아프고 힘든 것은
서러운 가슴 색깔로
새색시 꿈꾸는 설렘은
이쁜 몸짓 색칠을 합니다

꽃잎 바람처럼
향기 따라
시간과 함께 떠난 자리
흔들거리는 빈 의자 숨결이
다시 오는 미련 가득합니다

나잇살

민낯 세월은 시간으로 살찌우고
앞서는 우리 사랑들은
고독한 상처를 어루만집니다

마음 같은 말들
감정들은 흐트러지고 깨진 유리 창가
쓸쓸한 추억에 취하고 싶습니다

기억들이 쌓이다 지쳐 힘들어도
오늘을 살게 해 주는 당신입니다
설렘으로 기쁜 행복입니다

이렇게 시간이 지나쳐
가슴 아프기도 한 세월
상처 한가득입니다
울어야 하고 화가 나서
슬픈 이유를 알았습니다

나잇살을 먹으니
나이를 먹고 있는
세월을 보았습니다
지질맞은 꼴값이더라고요

한 겹 두 겹 이쁜 무지개 꽃잎
가을 햇살에 멍든 나뭇잎
따스한 추억 세월 노래에
나잇살을 먹고 삽니다

현실 유행처럼 나잇살 빼면
꽃상여 마중 길입니다
듣고 싶은 말 아쉬워서
가슴은 곤두박질하고 있습니다

이제는
뒤처진 걸음들을
환희의 시간으로 초대하여
가슴 뜨거운 차를 대접하고픔은
나잇살로 배웅하려 함입니다

오늘부터는
지금을 가지는 사랑을 할 거예요
그리워서 가슴 벅찬 숨소리로
숨이 멎을 듯한 탄생의 신비처럼
그렇게 가질 겁니다

한달음에 피어난 연꽃
가슴 먼 곳 가까운 나잇살에
얼룩진 향기로 커다란 마음을
고이고이 간직하려 합니다

사랑이란 정

어둠이 비껴가는
대문 앞마당 저편에서
지금도 바보같이
무거운 발자국 대문 여는 소리
큰기침 소리에 놀란다

손때 묻은 빗장
먼발치 귀 기울여 뛰는 가슴
버선발 마중입니다
붉은 홍조 내 사랑만 들어오세요
이 세상 전부가 들어왔습니다

다신 못 나가게
대문 빗장을 겁니다
이 시간까지
오늘을 기다렸습니다
근심하고 걱정하며 조바심하면서

밝아오는 아침 소리가
나를 깨우면
난 대문 여는 가슴을 쓰다듬어
바보같이 대문 앞마당에서
또 그렇게 서 있을 겁니다

누구나 숨어 사는 삶

자유로운 바람이 오붓하지만
하늘처럼 바라보아도
누구나 숨어 살고 있는가 봅니다

입꼬리 미소 숨결 가슴 가득 채우는 날들 만큼이나
그렇게 숨어 살고 있습니다

슬픔과 고통 상처 속에서
숨어 살고
기쁨과 감사 속에서 숨어 삽니다

집에서도 숨어 살아야 하는 간택
붉은 입술 숨찬 채비 끝내고
푸른 이파리 아우성 들입니다

우려먹는 세월 시간
세상은 두려운 곳이니까요

숨어 사는 나를
이대로 볼 수는 없습니다

내가 가는 이 길이 그리워
울지 않는 내가 되고 싶습니다

시간 같은 세월은 알아도
숨어 사는 나는 모르겠습니다

구름처럼 바람을 숨기고 있지만
달빛은 나를 보채고
숨어 사는 오늘 말도 못 합니다

열린 현실 춤추는 눈물
그렇게 생각하는 착각들
되돌아서서 되돌리는 것들입니다

눈물을 위한 사람처럼
깊은 마음 저편 함께 살자 하는
속절없는 가슴뿐입니다

하늘도 산인 것을

온유한 작은 바람
크나큰 침묵으로 넘어진 산
소리 없는 통곡으로 얼룩진 고요
나의 언약은 기억하고 있는지
산속에 숨어들어 말해봅니다
왔던 길 되돌아서는 그 길입니다

산자락 깊은 계곡
잰걸음으로 큰 걸음 앞장세우고
기다림의 시간처럼 지나친다
물소리 바람 세월 꺾이는 냄새
솔향 한 자락 길 잃은
하늘 비가 구름을 적시고 있습니다

눈꽃 오색실 엮어
숨은 하늘 큰 바위로 고독 같은 근심
휘파람 소리에 파묻히고
산허리 토막 물고기 비늘 같은
구름 속에서 숨바꼭질 놀음입니다
오늘을 묶어놓은 산
돌아서는 발자욱 소리 간곳없다

도리천이어라

모르는 것이 어려워요

아는 것이 쉬워서요

범종 소리 삼십세 번 메아리

산울림 영광 가피

하늘 같은 산이어라

내 집도 우주 같은 산입니다

죽음을 다하여 같이하는 적막은

하늘 같은 산이어서 좋아라

모든 것을 함께하는 사랑

가슴 온 가득 벅차서

눈물처럼 흩날리는 꽃잎 향기

하늘빛 옷고름 헤치는 손길

산은 말이 없고 가슴은 소리친다

끊임없는 태양 숨결
붉은 하늘의 광활한 자유
척박한 대지도 우주인 것을
산을 닮은 형상으로
순결한 조화처럼 법계적 질서는
나만의 생명체인 우주이다
하늘과 산 성스러운 영생입니다

나를 위한 나 같은 계율
하늘 아래 산위 물속
바람 소리로 대신합니다
하늘처럼 달빛 차오른 만큼
별빛 은하수 칠성처럼
침묵 같은 묵언으로
삼색실 목어의 전설처럼
사랑 같은 자유는
양심의 대지를 깨우려 듭니다

나 같은 사랑

어느 때는 묻기도 하고
물어보기도 하고
귀 기울여 듣기도 합니다
울기도 하면서
큰 한숨 쉴 때도 있었습니다

오늘은 웃기도 하면서
벅찬 가슴 놀라기도 합니다
미소 지으며
삐죽거리는 입술이
예쁜 수선화처럼 이쁘기도 합니다

나에게만 오는 슬픔도 있더라고요
한없이 울기도 했습니다
원망도 하며 밉기도 했습니다
나는 왜 이러냐고 한탄도 하지만
시간이 가면서 무뎌지더라고요

때로는 좋으면 좋은 인연처럼
기쁨이면 감사한 사랑으로
나는 그렇게 살 거예요
예쁘게 웃고 이쁜 마음끼리
나 같은 사랑으로
나처럼 살 거예요

나도 모르는 바람

내 원함은 그저 바람입니다
마음이 생각을 알 거예요
현실이 다음을 약속합니다
그저 원함이지요
시간 가면 생각나고
모르는 나는 없고
오늘이 와서 내일이 있습니다

번뇌하는 고통처럼
수긍하고 알아서 볼일입니다
인정하여 감사하고
이치의 진리를 받아들여
함께해야 함입니다
이치는 알아서 받아들이는
또 다른
나의 다음이기 때문입니다

원함과 바람은
바른 이치 현실의 시간 변화
사람 길을 알아차린 다음
그다음입니다

길
각자 다른 길
사람들이 같은 길이라고
착각한 현실
각기 다름을 인정하고
배려의 자유 속에 자연의 이치로
나는 그 일부분입니다

원함과 바람은 이치를 인정하는
감사가 함께하고 나서
나와 같이하는 것입니다
모름으로 나를 묶어놓은 현실
나는 나를 겪어봐야 알겠습니다

지나치는 시간이 묻습니다
이치와 순리를 알지 못하고
내가 존재하지 않는 지금도
나를 위한 바람 원함을
꿈꾸며 기다리고 있는 중이냐고요

불편한 외로움

산 위 하늘에서
대지가 깨어나고
제일 불행하고 슬픈 평화로
다음날 하루를 찾는다

메마른 바다는 강풍을 껴안고
어쩌면 세상을 사는지도 모르겠다
아픔을 품고 끝이 보이지 않는
기나긴 세월

시간 싸움은 시작되었다
지켜줄 보호자도 없이
어차피 한 번은 부딪치는 미련
뒤돌아볼 수도 없는 시간

겹치고 겹치는 불편한 외로움
마음 상한 말처럼
행동하는 그림자
억지로 마음을 전할 순 없다

처음 같은 길 윤회의 역사길
지금처럼 사랑하면서
살아가는 것이다
처음 같은 일은 모두 서툰 것이다

사랑 고개

그리운 가슴
갑작스러운 산바람처럼
너 같은 모습에 떠도는 감정
한세상 사랑 고개
절반이 무너진다

이제 돌아서는 이 길들이
마지막처럼
가슴 외로운 몸짓만 남긴다
내 가슴에 너 같은 입술에
주문을 건다

빗물에 기다림은 씻겨져만 가고
그리움을 사모하는 시간은
낙숫물 소리로 대신한다
보이지 않아도 느껴지는
새벽 햇살 어루만짐이 간지럽다

가슴은 마음을 초대하고
춤추는 자유를 미소로 약속한다
살다 보면 하늘도 바라다보고
너를 그리워하는 것이
쑥스럽고 부끄러운 것은 아니다

바다의 고독

더 큰 고통을 주려나 봐요
과거를 엿보려니
침묵 같은 미소가 나를 보고 있네요
이 모습에 눈물로 말을 건넵니다
가슴속에 숨어드는 고독

바다 같은 고독을 추스르네요
기나긴 시간은 미련들의 속삭임
헤매고 헤매 찾은 생각
눈물이 나는 이유를 알겠어요
이 순간 고달픈 고독은 운명인가 봐요

사랑 인연 같은 사랑
내가 준비한 고독은
여기까지예요
보이지 않는 바다 숨소리
지쳐 가는 가슴들은 꿈을 꾸고 있어요

무심한 인기척으로
오늘은 찾아들고
다시 못 올 고독은 바다를 버리고
어제 같은 시간이 지나갑니다
어둠이 내리는 그날
차 한잔 같은 고독들입니다

갈망

속상해서 울고 있는 것보다
힘들어서 기쁘게 웃는
사랑이 감추어진
오늘이었으면 좋겠습니다

마음속 고통으로 괴로워도
그 갈등 때문에
내가 있는 현실을
사랑했으면 좋겠습니다

나에게 부딪친 지금 때문에
나와 기쁨의 관계를 망쳐 놓아도
나를 바라볼 수 있는
시간이었으면 좋겠습니다

내 삶의 아픔들

병실 하얀 시트 위에
아파서 누워있는 나를 본다
현실의 모두를
이제서야 버린다
오로지 아픈 나만 있다
버림의 마지막 같은
현실을 초대한다
이 현실이 나의 진실인 것이다

고통의 아픔
슬픔의 아픔
욕심의 아픔
지금의 아픔들은
나를 더 갖게 하려 하고
보채는 욕심 소굴에 가두어놓고
목마른 욕망의 갈증을
호소하고 있다

육신의 아픔이
현실 속 삶의 번뇌를
이제야 안다
부질없는 현실의 시간을
보고 버리고
알고 채우고
그렇게 해서 내가 있는
현실을 가져야 함이다

내가 외롭다 생각하는 건
내가 외롭지 않은 나를
찾아내지 못한 것이고
우울하고 허전한 시간이라면
우울하고 허전한 것보다
더 큰 고통의 시간을
갖지 않았기 때문이다

내가 생각한 지금의 번뇌는
나를 있게 하고
나를 살게 하는
구성요소 중 하나일 뿐이다
그중 하나가
내 삶의 전부라 말하지 말자

내 어머니 산

맑고 고운 하늘 아래
쏟아져 내리는 장대비만큼
소복이 쌓인 눈만큼
시커먼 어둠처럼
무서운 시간이 만들어낸
산이 있습니다

혼유석 담장으로
넘쳐나는
무조건 사랑
끊을 수 없는 정
한없는 희생
당신의 산이 여기에 있습니다

길이 없는 이산에 길을 찾아
부여잡은 통곡소리로
가슴 저린 고통처럼
통한의 눈물만큼
꽃상여 슬픔의 한으로 만들어진
산이 있습니다
나의 어머니 산입니다

나는 모릅니다
나는 알지 못합니다
나의 어머니 산을 말입니다
눈물이 나고
가슴이 멍해지는
시간만 있을 뿐입니다

제목 : 내 어머니 산
시낭송 : 박영애
스마트폰으로 QR 코드를 스캔하면
시낭송을 감상할 수 있습니다.

사랑해서 아픈 사랑아

사랑을 잃은 내 사랑아
이젠 보지 않을래요
힘들고 아픈 사랑인 걸요
눈물 같은 마음으로만 바라볼래요

울어야 하는 이유를 모르겠어요
진심을 호소할래요
지금 사랑이 전부인 걸요
온 가슴을 슬프게 적시는 추억

지나온 가슴을
부둥켜안고서 놓고 싶지 않아요
가녀린 손길 떨리던 언약
그토록 뜨거웠던 숨결이 그리워요

낯선 아픔이 찾아와서
사랑 같은 시간들을 가져가네요
사랑해서 아픈 사랑아
그리운 추억을 입고
이젠 사랑의 옷을 벗고 싶어요

벅찬 가슴 설렘 끝 맞닿아
그 무게로 내려온 사랑
별처럼 그리운 여운 속에서
울어서도 아픈 사랑입니다

나를 향한 지금

사랑의 소리 그리움 냄새에 끌려
이 순간 나는 집에 와있다
집이란 이런 것입니다

엄마 슬픔 아빠 고뇌
늘 함께하지만
찾고 필요할 때 늘상같이 합니다

기억하고
보고 잊어서 아는 것은
내 집뿐

쉼을 찾고
나를 향한 지금을 가져다 놓고
모두가 찾아오는
내 집은 그리움입니다

신성

꽃이 그리워서 살아가는 향기는
나를 통한 기쁨으로
행복을 함께할 순 없습니다
나를 통하여 진리에 다다른 행복
합리적판단 견해가 중심인
내가 되어야 합니다

신의 복종 구조가 아닌
내가 중심인 자유 표현
신성을 함께하려고 합니다
새로운 생각인가요 의심인가요
그것보다는 살기 위함입니다
비단 같은 발걸음 자욱입니다

시간은 세월을 붙들어
하소연합니다
흩어지는 바람은 숨을 죽이고
오늘 같은 내 운명에서 하루하루를 더합니다
그냥 그런 날 현실처럼 영생을 그리워합니다

오랜 시간
현실에 속해진 기억
습관 같은 사상에 취해
벅찬 새로움 안타까움으로
눈물을 훔치고 있습니다
허전하고 슬프고
하지만 너무 아파하진 마세요

내가 나를 사랑해서
애태우는 사랑
가시지 않는 두려움을 불사르는
신성입니다
신의 울타리에 갇힌 자유
마음길을 열어 오늘을 선택합니다
짧은 시간이지만
기나긴 아픔입니다

생명의 사랑 침묵

보기만 하고
색성향미촉법을 삼키려 합니다
불꽃 소리 타올라
향기는 기억을 삭힙니다
떨리는 손끝은 갈 길을 잃어
뒤돌아섭니다

기억을 묻습니다
시작과 끝은 상관없이
언젠간 가야겠지
큰 걸음걸이로 떠나는 가슴인걸
그냥 침묵의 숨소리로
남아야겠습니다

침묵은 살아가는 생명의 자유이다
맨 처음 기나긴 몸부림 짓
죽음처럼 침묵이 지쳐서
힘든 게 아닙니다
생명의 사랑을 지키지 못함입니다

살 줄 아는 방법을 몰라
나를 깨우는 하루가 없어서
누군가를 사랑할 줄 몰라서
침묵으로 채우는 아픈 상처들
눈물로 대신하는 서투른 사랑

오랜 시간 서로를 위한 침묵
지금 이 시각들이 우리 사랑
또 다른 가슴 적시는 너는
이젠 서둘러서 갈 길을 나서야 합니다
뒷걸음치지 말고

눈 감아도 보이는
사랑이 오는 소리
모두 함께하는 마음들이
아름다운 자유에 머물면
들리는 말소리는
그냥 보면 됩니다

내가 없는 길

어디에 있던
누구와 있던
나는 지금
나의 길을 가고 있습니다

어디에 있는지
누구와 있는지
나는 지금
나의 길을 묻고 있습니다

가면서 묻고
길을 찾아서 선택하고
좋아서 울고
서러워서 오늘을 갖겠습니다

어디서든지
무엇이었던지
내가 없는 길은
나의 길이 아닙니다

하늘 꽃

하늘 꽃비 떨어지는
연꽃길

내가 웃고 있으니

목어는 웃는다
그리움이 미소를 짓는 날처럼

사랑 소리처럼 큰 환희로

예쁜 그리움
한 움큼 되어 눈물을 적신다

사랑 같은 연화는
설레이게 해서 미치게 한다

춤추는 향기는 옷을 벗고 있다

한 사람의 인연

나에겐
어제의 오늘처럼 늘
소중하고 귀한
한 사람의 인연이 있습니다

오늘을
살아가는 현실 속에서
나와 함께해주는 선지식의
훌륭하신 가르침이 있습니다

인연 그리고 현실
훌륭한 가르침이
나에게로 온 게 아니고
내가 찾고 갈망했습니다

내가 존재하기 위한
오늘을 알고
소중하고 귀한 분 가르침이
다음을 위한
나의 전부이기 때문입니다

오늘과 나

내가 나를
쉼을 갖게 하는 것은 현자 이치
그대가 나를 쉬게 하는 것은
환희의 사랑입니다

시간이 가고
계절이 오가며
나에게 말을 건넵니다
오늘이 행복한 날이냐고

나는 잘 모르겠습니다
오늘과 나를 말입니다
주인도 없는
시간 속 대문의 빗장을 잠그고
내 소리를 들어볼 일입니다

기쁜 환희의 사랑 냄새
속삭이며 말하는 입술
이 현실에서 지금을 위해
오늘의 빗장을 열겠습니다

사람이 있는 집

오늘도 바쁜 하루입니다

약속도 있고
집안일도 해야 되고
밀린 일들이
오늘도 나를
내버려 두지 않습니다

하지만 난 이 오늘을
현실에 속박되지 않고
나만의 기쁨 자유와 감사가
충만한 시간을 만들겠습니다

고즈넉한 여기
나를 알아주고 이해하여
내가 나를 쉬게 해 주는
여기에서
사랑과 감사 봉사
나눔의 기쁨을 갖겠습니다

난 바쁜 하루를 이곳에서
보내기로 마음먹었습니다
내가 사랑하는
가족 친지들과 함께 말입니다

이것이 사랑

두근두근
내 가슴이 살고 있습니다
오늘을 갖는 재미난 소리입니다

산 오르막에 올라
올라온 길마루에 내가 있습니다
아직은 지나가는 시간의 길입니다

내 가슴도
나의 시간도
오늘처럼 다음을 놓고 갑니다

사랑
시작은 길 잃은 설렘
중간은 나를 눈물짓게 하는 그리움

끝은 잊을 수 없게 하는 기억들
마음이 아픈 한순간
이것들이 사랑입니다

사랑하는 나에게

누가 무어라 하든
나를 닮은 오늘이 있어서 좋다

나를
어렵고 힘들게 하지 마세요
설령 그렇다 해도
오래 기억하지 말고
금방 잊기로 해요
그게 전부가
아니기 때문입니다

내가 있는 오늘
내가 살기 위한 지금
나를 위한 마음으로 생각하고
기분이 나쁘고
마음 상한 일은 잊어버리세요
나에게만 있는 것이 아니잖아요

나를 따라다니는 시간의 속박
내가 있어야 할 이유입니다
설레고 그리워하고 사랑하고
기쁘고 감사해서 미소를 지으며
나를 있게 하기 위함이
얼마나 간절한가

오늘 속에서
나는 나와 같은 현실을 갖는다

나를 위한 종교

구름을 가린 저 달 같은
초저녁 바람이 그립습니다

종교란 무엇인지요
나를 있게 하는
자존심 동행자 사랑 삶
그리고 지금의 현실
이것들을 알고 함께하려고
고민한 적이 있을까요

알지 못하는 초년의 종교
사심 적이고
신앙적인 무책임한 기도
또래 모임 정신을 만들고
장소를 제공하여
사람의 관계를 만들어서
중년의 기억을 만드는 철없는 시간의 연속입니다

중년의 종교 시간
보이고 나타내는 축원
사는 현실의 구속으로
바라고 원하고 갖고자 하는
이기심을 스스로 확인하는 시간
욕심과 욕망으로 만들어진
이기적인 선택
초년의 기억 추억으로 얼룩진
현실을 먹고 내뱉는
자기 합리주의 구속에서
불필요한 인간관계는
나를 버리게 하는 시간만 요구합니다

현실 속 장년의 종교
정신적 피해 안일함
그냥 시간 속에서 무기력하여
얻음이 없는 시간들
바라고 가지고 그것이
전부인 줄 아는 착각을 삼키는 시간 속 현실의 무기력들

시작과 끝을 아는 말년의 희망
정신적 자존심은 무기력해지고
육신은 고달프고
말이 많던 그 사람들은
온데간데없고
덩그러니 오늘 속 한가운데에 내가 있을 뿐입니다

현재 지금 나의 종교적 믿음은
말년의 나를 위해서
나에게 말합니다

나를 위해서
종교를 알고 기쁨을 갖고
나를 위해서
참다운 이치를 보고
나를 위해서
종교 속에서 고요도 갖고
사랑도 요구하고
감사의 시간 속에서
나 혼자가 아닌 환희 속에 있는
나를 보는 것입니다
이게 만들어지다 보면
또 다른 다음도
함께 만들어지는 것입니다

나는 지금
나같은 종교를 갖고
그 공부를 하는 이유 중 하나입니다

마주하는 사람

마주 할 수 있는 이에게
상처를 주지 마세요
거짓을 말하지 마세요
믿음을 저버리게 하지 마세요
마주 할 수 있는 마음은
그리 많지 않으니까요

그리 많이 웃으니
웃는 그만큼 울음으로
슬픔을 준비해야 합니다
웃음은 미소를
대신 할 수 없기 때문입니다
불필요한 말로
나를 버린 그만큼
내 그림자는 혼자일 겁니다

마주 할 수 있는 이에게
마주 할 수 있는 마음이
떠나지 않도록 해야 합니다
그게 전부입니다
마음이 없으면
내가 없는 것이기 때문입니다

가슴이 소리 내는 말

번뇌와 고통에
맞닥뜨리지 않겠습니다
벗어나기보단
그것이 있어서 살 수 있다고
받아들이는 사랑을
자랑하겠습니다

사랑한다고 말하지 말고
사랑했다
그래서 지금 사랑하고 있지
이렇게 말해주세요

현실은
말로만 듣고 말로 듣고
말이 살아서 현실이 있습니다
좋은 말들이 아닌
이치가 숨 쉬는 말
그래서 그것을
인정하고 받아들이고
현실 다음을 만드는
내가 있어야 합니다

공덕을 베풀라 말하지 말고
베푸는 방법을 말하고
이치라 말하지 말고
이치를 알게 해 주고
좋은 사람이 되라고
말하지 말고
좋은 사람이 되는
공부를 주세요
말을 위한 말은 허상입니다

말 이전
마음과 가슴이 소리 내는 말
이 소리를
동경하고 사랑해야 합니다
가슴 시린 이 바람이
저렇게 불지만
들리는 소리는 고요 소리만 보입니다

다행이다

고맙고
감사한 사람이 있습니까
많은 사람이었으면 좋으련만
행복하여 기쁘고
즐거운 기억을 주는
사람들과 현실 관계는요

감사해서
행복하여 기쁘고 즐거워서
사는 게 아닙니다

지금처럼 내가 있고
현실 속 시간의
지나침을 잊고 있기에
나도 모르는 오늘이
이 길을 지나가기 때문입니다

기쁘고 감사함보단
기쁜 행복을 추구하기보단

내가 있어서
이만하게 오늘을 살아서
다행이고
지금 건강하게 생활할 수 있어서
다행이고
나를 위한 자연이 있어서
다행이고
기쁘고 행복한 마음을 가진
사람들 속에 내가 있는 것이
다행이고
기쁨 감사 행복이 함께해서
다행입니다

다행이어서 갖는
사랑 기쁨 감사 행복 즐거움
이것들로 나를 세우고
나를 살게 해 주세요
이러한 오늘처럼
자연의 순리와 이치로 살면 좋겠습니다

내가 알게 하옵소서

소낙비처럼
아무런 표정 없이
퇴색한 마룻바닥을
내 곁에 함께 하려 합니다

기도는 나를 위한 내 행복의
이기적인 것
수행 속 연꽃 향기만이 내가 있고
나를 채워주는 다음인 것들
어느 것이든 내가 아는 그것이면
좋겠습니다

그가 나와 다르고
나와 그가 다르지 않습니다
수행 공부는 그도 나도
구분이 없는
똑같은 이치입니다

내 발걸음 내 걷는 이 길에
선지식을 밟고
지금 현실을 걷는 발걸음을
내가 알게 하옵소서

외로움

단풍 색깔로
가을이 물들었습니다
뚝뚝 떨어지는 이 마음이
부르르 떨리는 붉은 입술로
몸서리치는 시간입니다

시리도록 차가운 소리로
뜨거운 웃음은
나를 덩그러니 마주하고
애절한 가슴은 그리움입니다
다음을 위한 시간입니다

때로는 기쁘기도 한 슬픔처럼
이 마음 생각이
스산한 찬바람으로
이 시간을
느끼게 하는 외로움입니다

퇴색된 시간
나뒹구는 바람 냄새
무심하게 슬픈 기쁨의 미소
메마른 입술은
어여쁜 향내를 애태우게 합니다

성불

팔만대장경이
고귀한 게 아니고
그 속에서 전하고자 하는
선지식의 숨결이 그립습니다

산사 그림자에 쫓기고 있는
지금 오늘
풍경소리에 흩날리는 오늘 현실
지나쳐버려서 가슴에 사는
이 마음을 보고 싶습니다

만들어진 현실은 현실로 알고
내가 아는 것이 고요라 하면
부족하면 부족한 대로
부족함을 알고
흔들리면 흔들리는
나를 볼 수 있으면 됩니다

지금 오늘 현실의 성불은
내가 현실을 보면 됩니다
말로 만든 허상은
허상밖에 없습니다
분별력 진실한 이치
현실을 벗어난 것은
모순의 극치입니다

중도 진리의 본질 성품
이것들로 성불을 성취한
현실은 없습니다
그와 나 모두
늘 가지고 생활하면서
그 순간 성불하고 있는
현실이 있는 것입니다
이 현실을 가지고 있으면
그만입니다

기억 속마음으로
오늘의 현실이
성불을 생각했다면
그와 나 우리는 성불한 것입니다
성불할 수 있는 지금 오늘이
나와 함께하는 현실입니다

행복은

너의 말
너의 마음을 이해할 때
나에게 비로소
찾아오는 것입니다
갖는 것은 아닙니다

일상 현실
작은 시간으로
가슴이 넘치는
오늘을 맞이하고 속절없이
또 하루 속에 기대는 아침입니다

당신 속에서
나는 안식을 취하고
사모해서 행복을 갖는 마음입니다
그리운 사랑으로
오늘 지금을 주었습니다

그대처럼 나를 보면
예쁜 사랑
감사처럼 고운 기쁨의
미소 소리가 보입니다
하루해는 새로운 아쉬움입니다

이유 같은 생각

모두가 다르지만
우리는 똑같은 것을
가지고 있다
그것은 생각이다
하지만 그 생각을 모른다

인연의 사념
관계적 사념
종교적 사념
현실 속 사념
모두가 다른 생각
우리는 똑같은 생각으로 안다

똑같은 것을 가지고 있지만
모두는 다르다
꽃과 향기는 다르다
나는 그것을 찾는다
그래서 나는
지금 오늘을 갖는 이유이다

말이 없는 집착

산다는 것이 집착일까요
분별력에 의한
헛된 집착은 없다
모두가 집착에서 시작되고
끝을 본다
선도 수행도 성불도 집착일 거예요

말소리로 말할 뿐입니다
좋고 나쁨을
말로서 달라짐을 말할 뿐입니다
지금 속에서
현실로 말하는 거지
현실은 말이 없습니다

나는 말이 없습니다
말이 나를
거짓의 죄악을 줄 뿐입니다
말로서 만들어진 현실로
살기 위해서 말만 살고 있습니다
이치 순리처럼
진리는 말 없는 침묵입니다

말이 없는 집착
느끼는 가슴속 이야기들
나를 채우는 생각
분별력 없는 침묵
순리 속 이치는 고요하며
듣는 게 아니고
순응하는 이치를
볼 수 있는 것이 사는 것입니다

나는 거기에 있을까요

허덕이는 심장 소리로
사랑이 낙엽에 물들고
아픔은 바람에 젖어 들고 있다
발걸음 소리에
부여안은 가슴 자락
마음 떨림은 무엇인가요

차가운 바람 냄새
휑한 그리움
무지의 시간 속에 나를 가둔다
적막의 입맞춤은
비아냥거림
춤사위처럼 화려하고
지나가는 오늘을
갉아먹는 시간은 무관심하다

저기 저 모습
그리움을 선물하고
여기 이 사랑
나의 전부를 바치고
기억 저편
두 가슴소리 외침을 듣게 하면
나는 거기에 있을까요

외면

내가 가지는 기쁨은
현실 속 기쁨이라지만
기쁨 속에서 현실은
나를 외면하고자 합니다
다른 사람이 가진 그것들로
나를 대신하지는 말자

해와 달의 섭리를
하늘의 이치로 받게 하소서
섭리로 이치를 갖게 하소서
섭리가 현실로
이루어지게 하소서
이러한 믿음으로 살게 하소서

내가 나를 대신하여
섭리로 진정한 기쁨을 누리자
왔다가 돌아서는 현실
고요 속 믿음의 침묵을
구하고자 합니다
이로써 입신하기 위함입니다

현실의 성자

엄마 같은 사랑
연인의 사랑
종교적 사랑
현실 속 인간관계 사랑
사랑은 다르지만
비극 앞에선 똑같은 사람일 뿐

흐르면서 머무르고
보면서 보이지 않고
들리지 않는 심성처럼
나는 있지만
존재할 수 없는
이 현실은 누구의 탓인가

살면서 사랑하지 말고
사랑하면서 살게 해 주세요
사는 것이 전부가 아니고
살 수 있는 것이 전부라
알게 해 주세요
나의 현실로 갖게 해 주세요

머무를 수 없는 시간
생각하는 가슴
흔들리지 않는 분별력
내가 존재하는 현실의 성불
나를 갖고 사는 지금
이것들 속에서 벗어나지 않게
그 속에 나를 버리고자 합니다

이른 저녁 시간

날이 저물어
언제나처럼
나 혼자 해야 하는 내 몸짓은
오늘 하루에 귀 기울이고
이제는 내 모습을 찾는다

이른 저녁 시간이
나인 것처럼
골목길이 마음처럼
차가운 이 계절은 지나가고
기억 깊은 시간은
어김없이 찾아오고 있다

오늘 속에서
지금처럼
내가 오늘을 살 수 있어서 좋다
시간이 오고 가며
주기도 하고
빼앗기도 하는 내일을 가진다

이미 전부인데
오는 것도 없을진대
무엇을 기다리는지
가질 것도 없는데
무엇을 생각하는지
이 시간 한복판에서
마음만 사고파는 소리처럼
초저녁웃음이 보인다

불꽃 연화

불꽃이 연꽃을 피우고 있습니다
하늘과 맞닿은 체취는
산천에 흐트러집니다

속세 사람들의 곡성을
불꽃 향기로 애간장을 태웁니다
하늘을 태우는 불꽃 연화

회색 기억으로 태워지는
임의 향기 불꽃 소리로
내 가슴을 태우고 있습니다

휘감아 도는 세월은
앙상한 마른 나뭇가지에 걸치고
시간은 더디게 아쉽습니다

하늘이 뚝 떨어지고
땅은 솟구쳐 불꽃 연화처럼
산등성이 노을빛을 태웁니다

오금이 저리고
침이 말라 목구멍은 타들어 간다
신들의 합장은 끊이질 않고

맴도는 길을 돌고 돌아
이 길을 돌고 있습니다
불꽃 연잎은 아직도 타고 도는데

뒤돌아서는 불꽃 사이로
훠이훠이 연화 불꽃은
아직도 불꽃 춤을 추고 있는데

주인을 잃은 풍경소리
바람 소리에 주눅이 듭니다
청정은 잔잔하게 흐르는 눈물

길이 없어
길을 물어봄이 아닙니다
나는 다른 시간 속
다른 길을 떠난다
아린 상처를 묻고 떠납니다

현실의 삶은
죽음이 완성은 아닙니다
사는 것은 삶을 위한
보이지 않는 자유를
지키는 것입니다

번뇌를 태우는 불꽃
이 불꽃에 마음을 베인다
그 상처로 불꽃은 피고
향기는 타오르고 있습니다

제목 : 불꽃 연화
시낭송 : 박영애
스마트폰으로 QR 코드를 스캔하면
시낭송을 감상할 수 있습니다.

잠시 안녕

잠시만
눈물을 떨치고
우린 나 너처럼
시간이 가면
나 그대가 되어 너를 잡고 싶어요

시간을 쉬게 하고
잠시 안녕하면
그 길에 내가 있을까요
알 수 없는 진실처럼 내가 미워서
연인처럼 잠시 안녕

슬프지 않아요
너를 떠올려 생각해보고
시간은 점점 우리를 잊어가고
친근한 습관처럼 살고 있습니다
늦은 저녁 쏟아져 내리는 빗물처럼

가을 같은 사람아
그리움처럼 달콤한 사랑아
오늘의 시간아
황홀한 자유의 메아리처럼
우리 잠시만 안녕해요

시린 눈물

지쳐서 힘들어 눈물 흘릴 때
지켜보는 시간처럼
나는 항상 너를 사랑해요
이 저녁 별빛이 생명을 깨우듯

시리게 아프지 않아
겁이 나서 두근두근거리는 우리
따뜻한 말 짧은 입맞춤
위선의 춤 짓입니다

이 많은 시간 속에서
오늘 하루는 없어도 되지만
사랑 떠난 지금
나와는 상관없는 이별입니다

휴식 같은 눈물들의 속삭임
고운 미소처럼
마음 시린 가슴 상처들
힘들어서 마주치는 시간입니다

흐느끼는 눈물처럼
해 뜨는 소리에
나무그림자 나를 휘틀아
나 같은 가슴을 다시 봅니다

이젠 익숙한 시선으로
오랜 시간 그리움처럼
가여운 손짓으로 숨을 죽이면
젖은 비가 눈물처럼 뚝뚝 떨어집니다

사랑의 이별

사랑의 달콤함
영원할 줄 알았습니다
다시 못 올 그 길
가지 않을걸
기도드리며 다짐하는 사랑입니다

아름다운 추억
흐느낌으로 대신한 이별이에요
혹시라도 거짓말
사랑이 끝났다는 말
이대로는 안 돼요

망설이다 멀어져 간 사랑
어렵고 가슴 저린 사랑
시린 가슴 떨쳐 놓고 가버린 임
슬프게 멀어진 사랑
잔인한 사랑의 자유입니다

이렇게 저렇게 섞여서
슬픔을 머금고
사람 사람들을 사랑합니다
네가 필요한 길
가슴 편히 지나쳤으면 해요

사랑이 이별이래
낯익은 웃음처럼
맨 가슴으로 보고 싶은 임
해일 수 없이 많은 사랑
혼자서 사랑하고 이별하는 사랑

고독한 변화

변화하는 것과
변하지 않는 것 속에서
살아 숨 쉬는 영혼을 사랑합니다
변화는 새로움을 주지만
나는 신심을 추구해요
변하지 않는 성심에서
현실을 보려 함입니다

좋고 나쁨을 시간은 모릅니다
외줄타기시간 속에서
남들은 말해요
이것이라고
어떤 이는 이렇게 하는 것이
맞는 것이라고 말하죠
나는 없고
남처럼 지금만 있으니까요

결코 혼자일 수밖에 없음을
고독과 분노의
욕심으로 대신합니다
되씹는 독설
그 속에서 철저한 혼자입니다
겉 다르고 속 다르고
현실처럼 살지만
지금을 모릅니다

나무가
낙엽을 떨치는 게 아닐 거에요
자연의 순리에 따른 것뿐입니다
변할 수 없는
성심이 있을 뿐이에요
변화는 변할 수 없다.
오는 시간을 가는 시간이라고
말할 순 없습니다

사랑해줘요

이 못난 가슴을 알게 해 준 사람
이별은 할 수 없어요
이별과는 어울리지 않습니다
내 가슴이 알지 못하게 달아나요
이른 봄이 수줍어하는 설렘처럼

그 임이 없는 시간이라면 미워요
어쩔 수 없이
미움으로 새긴 미움도 사랑해요 사랑해줘요
다시 너를 그리워하고
사랑할 거예요

심장의 열정을 깨우겠습니다
끊임없이 한결같이 끝없이
변함이 없는 처음처럼
바라보는 행복이 필요하지만
우리들의 이름을 기억하겠습니다

사랑하는 당신이
더욱더 간절합니다
오늘을 벅차게 하는 가슴도
살아가는 삶이 모두가
사랑이 시작이기 때문입니다

당신 사랑에 들어가겠습니다
그 가슴에서 울고 웃게 해주세요
고장 난 시간처럼
그 사랑만 기억하겠습니다
내 사랑에 빼곡히 쌓고 싶어요

쪽빛 보름달이 차오르면
초저녁 그리움을 달집에 태워
하늘과 구름이 머무는
큰 산에 고하겠습니다
사랑해요 사랑해줘요
그냥 사랑한다고요

항상 지금처럼

듣고 싶은 말로
나를 버리지 말고
그냥 느끼는 가슴으로
내 자리에서
언제나처럼 거기에 있습니다

어떤 일상이라도
지금에서도
마음을 내주고
사랑을 어루만지게
항상 여기에 있습니다

힘든 고민 어려움 속에서도
오늘 하루가 필요한 이유는
마음 소리 들으며
같이하고자 하기 때문입니다
언제나 항상 지금처럼 말입니다

들 자리

나처럼 사세요
남처럼 살려고 흉내 내지 말고
억지로 살려고 하지 않고
나를 버리면 나도 남입니다
나처럼 사는 나를 사랑하세요

들 자리와 날 자리를 아는 건
이기심이 아니고
현명함입니다
그렇게 말하는 이가
사악함 속에
죄를 숨긴 모습입니다

비단 명주처럼
내가 꿈꾸는 나를 그리워하고
이치에 맞은 오늘
마냥 좋아서 설레는 나를 보고
청아한 달집처럼
사랑 소리 함께 하게 해 주세요

여백

복잡한 현실이라고
우리는 말합니다
그렇게 만든 건 나인데 말이죠

따뜻한 물 한 컵
빛바랜 낯선 환경이지만
한가로운 여유가 그립습니다

내 마음 같지 않고
하고 싶은 대로 안 되는 현실
내 현실이 아니고
현실 속 들러리이기 때문이죠

기쁜 가슴은 어디 가고
마냥 편안한
엄마 냄새가 그립습니다

내가 주인인 지금
나를 위한 가슴소리
내가 만들어낸 기쁨
내 현실 모두는
이것들을 위해 존재해야 합니다

고독하고 초라한 이유는
남들의 현실 속 말장난에
춤을 추고 있기 때문입니다

내가 춤을 추는 게 아니라
춤추는 것을 보는
나이어야 합니다

말이 없는 고요는
사랑의 소리를 주고
아름다운 생각을 주고
뜨거운 가슴을 갖게 합니다

평온한 눈 맞춤을 주는
당신은
환희 속 현실입니다

내가 존중하는 마음

어디서든지
마지막 끝까지 남아있는 사람이
제일 초라하고
값어치 없는 관계이다
할 일 없고 비천한 모습을
나타내는 것이기 때문이다

모름지기
기대 속 여운이 중요한 이유이다
저녁노을이 아름답고
아침 일출이 위대한 건
마냥
아름다움을 느끼는 것이 아니라
그 이치와 진리를 깨닫게
하기 위해서
존재한다는 사실이다

이러한 일들은
오늘이
전부가 아니기 때문이다
시간이 지나가면
기억하는 사람은 아무도 없다
그만큼
값어치가 없기 때문이다

그러나 당사자들은
그게 전부인 것처럼
허상에 목을 매단다
광대가 되지 말고 주인이 되는
시간이었으면 한다
또 다른 내 모습으로 각인되어
나를 잃어버리는 시간은
돌이킬 수 없는 잘못된 것이다

잘못된 그 모습으로
기억시킨 그 사람들이
그 기억을 잊기 전까지는
항상 나를 유희의 대상으로 여기기 때문이다

내가 선택하는 참스러운 것과
내가 선택당하는 비천함은
이러한 것이다
달리면서 잃어버리고 찾고
뛰는 것은 나다
달리는 것이
나일 수는 없기 때문입니다

시간 언저리

본질과 원칙은 같습니다
어쩌면 진리 이치이기도 합니다
그것들은 혹여 책에서
사람 말에 끼어있는 것은 아닙니다
느끼고 받아들여서
나를 버리는 것입니다

시간을 거슬러 올라
지남을 보고
시간을 더듬어
지금 속에서 다음을 찾는 시간
그 언저리에
내가 있고자 합니다

이와 같음 속에서
아무것도 없다 함은
존재성을 상실한 거지
무의미한 건 아닙니다
만들어지어 연결됨이 없음은
아무것도 없다
하지만 잘못된 선택은
미래 속 다음을 빼앗아갑니다
현실이란 거
이와 같은 것입니다

선택하고 버리고
생각의 깊이와 상관없이
본능적인 의미 속에서
나와 현실을
착각해서는 안 되는 오늘입니다
내가 현실을 가진 것이지
현실이 나일 수 없기 때문입니다

나를 위한 번뇌

번뇌
무엇을 위한 시간인가요
현실의 굴레 속
덩그러니 구성원의 자리만
차지하고 있진 않은가요
공존을 위한
나는 보이지 않으니 말입니다

내가 존재하니
나를 위한 번뇌를
가져야 함입니다
나 아님 속에서 허상을 위한
욕심은 업장입니다
나를 위한 정리의 시간을
초대합니다

매번 오늘을 주지만
오늘을 위하고
새로운 오늘을 위해서
고민한 적이 있었나요
현실의 오늘만 있지
나를 위한
오늘은 없지 않은가요
이것조차도 모르게 지나치는
오늘이 무섭습니다

아주 잠깐
틈새 같은 조그만 시간
이 시간 속에서
나를 보고 사색하는
오늘을 갖겠습니다
사랑 냄새도 맡고
기쁜 소리로 듣고
감사의 미소도 갖는
그런 오늘을 갖겠습니다

어떤 현실의 독백

나로 인해서 힘든 게 아니라
타인에 의해서 힘듭니다
번뇌 많은 이 세상 현실에서
흔들리지 않게 한 걸음 한 걸음
걸어 나갈 수 있도록
고민할 겁니다

내 현실에
힘든 고통을 주었듯이
번뇌의 현실에서 다음까지도
그 기억들처럼 애잔함은
항상 떠나지 않을 것입니다

이젠 그 누구를 위한
기도는 어려울 것 같습니다
현실의 이기심으로
잃어버린 자유들
상처받고 아파서 나는 없고
현실의 사람만 있습니다

그를 위한 기도가
전부라 믿었는데
나를 위한 기도는 왜 못했는지
이제는 지나친 시간만이
나를 조롱하며
비웃고 있습니다

손톱 끝 붉은 선혈의 통한처럼
차가운 이 마룻바닥만큼이나
냉철한 가슴으로
그 기도의 끈을 놓으려 합니다

이제 바보와 같은 몸짓으로
나를 위한 기도 시간 속에서
그저 아이처럼 웃겠습니다

이 저녁 새벽에

법고 큰 종 아픈 고통 소리는
멈추지 않는 시간의 소리로
내가 아파야 세상 사람
구원인 것을 알았습니다

목어 그 뱃속 찢어짐을 주고도
그 마음으로 또 다른 마음을
사랑해야 된다는 것을
알았습니다

소리로 만드는 것을
인제야 볼 줄도 알았습니다

저 큰북 하나로
소리인 줄 알았는데
사람의 가슴이 미친 영혼의
고통스러운 몸부림도
보았습니다

이 모든 것이
다음을 준비하고 있는
오늘이라는 것도 갖게 되었습니다

바쁘고 정신없고
화나고 밉고 그리고 또
사랑의 그리움에 설레고
사랑해서 속상해도
난 오늘 같은 사랑이 좋습니다

어쩌면
고통의 구원
아프지만 함께 하는 더 큰 사랑
미친 영혼의 고통도
설레게 그리워하는
내 사랑만 하지는 못한 것 같습니다

의미 같은 목적

사는 현실 시간 속에서
살기 위함이 무엇인가를
한 번쯤 누군가는
알려주어야 하지 않을까

목표로 사는 현실은 아닌지
진정한 의미로서 목표인가
자문하고 아님 수정해야 한다
인간은 또 다른 위대함이다

목표가 아닌 의미를 위한 현실
목표가 아닌 의미 속 종교
목표가 아닌 의미와 기쁜 행복
목표가 아닌 의미 같은 삶

지금 오늘을 위한 목표보다
다음을 위한 의미 속에
나를 가두어두려 함이다

고독과 외로움을 볼 줄 안다면
해결할 수 있는 나도 있어야 한다
의미는 그런 현실인 것이다

목표는 끝없는 비련이고
의미는 진정한 고요 속
감사한 사랑의 환희이며
내가 존재할 수 있는
이유이기 때문이다

당신은 내 의미이지
목표가 아니기 때문입니다

오늘 같은 이 날에

행복하기 위해서 산다고요
종교를 갖는 건
행복하기 위해서라고요

나는 힘들고 외롭고 불행하고
나는 고독하고 미워하며
이렇게 살게요
이 말과 똑같습니다

행복을 아는 내가 없는데
어떻게 행복한가요

행복은 소유가 아니고
존재 속 의미를 찾는 것이기
때문입니다
종교를 가져서 행복을 찾고
이치와 정도를 보고
현실 속 자아 성찰을 통한
오늘 이 시간이 행복입니다

좋지 않은 것에 대한
생각 변화는 쉽게 받아들이면서
이치의 소중함을 느끼고
인정하며 감사하지 않으면
내가 말하며 추구하는 행복은
존재하지 않습니다

행복을
소유하기 위한 허상에서
허우적거릴 뿐입니다
허상에서 비롯된
고통 괴로움 외로움 슬픔
이것들이
나에게 주고자 하는
이 사람의 깨달음은 무엇일까요

갖기 위함이 아니고
의미를 인정하고 알고 찾고
그 의미 속에서 사는
현실을 주기 위함입니다

행복은 행복한 게 아니고
기쁘고 설렌 의미를 알아서
당신에게 감사하는 것입니다

말 못 하는 말들

버리던지
갖던지
가지면 책임을
그리고
책임질 방법을 만들어서
내가 가지고 있어야 합니다

말
필요 없는 말
쓸 곳 없는 말
만들어낸 말 이 말들은
이야기가 없습니다
현실의 고통과 욕심을 위해서
한자리 크게 잡고
공생하기 위해서 오늘 속에
존재하는 것뿐입니다

생각해서 만들어진 말
알아서 말 못 하는 말
가슴 속에 살아있는 말
말하지 않는 말
이 말들이 우리의 이치로
내가 사는 오늘처럼
깨달음을 알아야 하는
의미로서
이 말들은 말을 하지 않습니다
그 대신
알아야 하는 말들입니다

나를 대신하는 것들
말 모습 행동 기억들은
바뀌고 잊혀야 합니다
그 속에 있는 내가 나를 보고
그렇게 하면 됩니다
이것은 소멸하는 현실과
다음을 주고자 함입니다

내가 오늘을 위함이 아닌
오늘이 나를 선택한
나를 보고 갖고 찾고
다음은 기쁨의 감사를
선사 받는 오늘의 의미를
사랑하게 하옵소서

사랑 카페

나는 오늘을 모릅니다
하지만
그 세월을 살게 해 주는 마음은
알고 있습니다
그래서
내일이옵니다

어떤 때는
슬프기도 하여
한없는 눈물을 주기도 하고
어떤 날은
가슴이 설레어
마음이 터지는 기쁨을
가져오기도 합니다

나에게
이 순정을 주는 그 마음은
내 사랑입니다
이 마음으로 자유를 알고
내일을 꿈꿉니다
그 마음이 기쁨 같은
행복입니다

고마운 당신

오늘 지금도
고마운 당신에게 드리는 마음입니다
참 좋은 사람들과 함께
현실을 살아간다는 것은 행복한 일인 것 같습니다

나이는 먹을수록 슬프지만
당신은 알수록 좋아집니다
내 마음에 있는 당신의 고요함과 따뜻함은
계속 기억되고 이어질 것입니다

당신이 내 지인이어서
참 좋고 당신에게 안부를 묻고
이렇게 감사의 마음을
전할 수 있는 삶에 또한 감사합니다

때로는 슬픈 이야기 소리도
마음으로 응대해주신 당신이 있기에
나 자신을 다시 한번 돌아보게 되네요
내 마음에 새긴 당신 마음은 영원할 것입니다

내가 아는 모든 분과
또 한 당신을 아는 모든 분들의 고마운 사랑이
늘 함께하여 언제나 행복이 찾아오는
오늘이 될 것입니다

오래된 기억

나의 오래된 시간의
기억을 드렸습니다
좋은 시간만 가득할 겁니다
언젠가
그 시간이 그러하듯이
꽃향기 속 미소만 보입니다

바람이 산을 그려내고
물소리 고요를 찾아
두 가슴은
오늘을 지키려고 마음을
훔쳐 가고 있습니다
지금이 그 시간입니다

눈 그림자
드리워진 염원이
내 몸 색깔 되어 영롱한 빛으로
나를 감싸 안은 그 시간으로
오래되어가는 기억처럼
그 시간을 드립니다

가슴에서 길을 나선다

김노경 시집

2021년 1월 15일 초판 1쇄
2021년 1월 20일 발행
지 은 이 : 김노경
펴 낸 이 : 김락호
디자인 편집 : 이은희
기 획 : 시사랑음악사랑
연 락 처 : 1899-1341
홈페이지 주소 : www.poemmusic.net
E-Mail : poemarts@hanmail.net

정가 : 12,000원

ISBN : 979-11-6284-258-4